Le froid intense, la banquise
hommes ont beaucoup de mal
au fil des heures, et seule l'ar...

...de diamètre que
...aleines s'amenui...
...uver.

Esquimaux pour taille. (Photo REUTE...
évidemment été offertes par les pett...

Le *Los Angeles Times* relate qu'en d...
quant de son jet privé le président de ...
...écouvrit les petits hommes jaunes ...
...ré et déclara : « *L'utilisatio...*
...n peu problèm...

Tandis que Reagan félicite les Soviétiques
Les baleines libérées
foncent vers le large

...y est ! Les deux
...aleines grises,
...prisonnées par
...glaces depuis
...aines à l'est de
...Alaska, États-
...a libres. Mer-
...d'après-midi,
...rise-glace so-
...miral Maka-
...adimir Arse-
...nfin arrivés
...r broyer les...

...diatement », déclare l'amiral
Sigmund Peterson, respon-
sable de l'Administration nationale océanique et atmos-
phérique. Une belle histoire
qui n'a pas été sans émouvoir
le président Ronald Reagan
qui a exprimé « sa satisfac-
tion », en remerciant les
équipages des deux brise-
glace soviétiques. Le président américain voit dans
cette affaire un exemple du
« souci de l'espèce humaine
envers l'environnement »

Malheureusement, c'était
trop tard pour le baleineau
mort il y a cinq jours après
s'être blessé contre les blocs
de glace. Maintenant, les
deux survivantes vont devoir
accomplir un périple d'environ 10.000 kilomètres pour re-
joindre leur lieu d'hivernage,
au sud des côtes de Californie.

**Six millions
de francs**

bonne foi », dit Suzan Ver-
non, responsable du musée
des baleines de l'État de
Washington, qui se félicite
d'une aventure qui a rencon-
tré un écho étonnant aux
États-Unis et dans le reste du
monde.

Une fantastique chaîne de
solidarité qui a réuni les bio-
logistes et les habitants de
Barrow, les esquimaux qui, en
...attendant les sauveteurs ont...

« C'est très bien d'avoir
sauvé deux baleines, nous déclare Pierre Samuel, président des Amis de la terre,
mais que de tapage et d'ar-
gent dépensé alors que la
chasse aux baleines se pour-
suit avec les Japonais et les
Soviétiques. Cette affaire est
totalement disproportionnée
quand on voit les difficultés
que nous avons à obtenir
l'arrêt de la pêche clandes-

Le martyre des trois
baleines de l'Alaska

Prisonniers des glaces, les trois cétacés n'ont pour respirer qu'un trou de quelques mètres carrés. Ils
mourir étouffés si l'on ne parvient pas à ouvrir un chenal. Le président Reagan suit les opérations.

RANDS
ENS
R SAUVER
S BALEINES

...trois baleines grises viennent respirer dans les quelques mètres carrés non pris par les glaces. Mais elles s'épuisent peu à peu. (Photographie AP.)

...dernie...s « seigneurs » de la mer

À mes parents.

Il était moins une!

Thierry Dedieu

Seuil Jeunesse

Il était une fois deux petits castors,
Enok et Kevin, qui vivaient dans le grand Nord.
Les Esquimaux leur avaient appris à chasser
et à construire des igloos.

Mais nos deux compères rentraient
souvent bredouilles de la chasse.
Ils n'aimaient pas la viande.

Un jour, ou peut-être une nuit dans ce pays où le
soleil dort debout, Enok chassait sur la banquise.
Soudain, il entend un bruit, comme quelqu'un
qui frappe pour entrer : Toc! Toc!
Enok, bien que peu rassuré, s'avance.
Et là! Un terrible fracas. La glace qui se fissure.
Le sol qui se dérobe. Et, sous le choc,
Enok qui tombe en l'air.

Puis de retour sur terre, Enok au bord du trou béant
qui aperçoit un poisson géant! «Bon sang, mais c'est
bien sûr! se dit-il. Contrairement aux poissons,
les baleines ont besoin d'air pour respirer.
Et celle-là a bien failli mourir asphixiée!
Il était moins une!»

Kevin alerté, rejoint Enok désespéré.
Il fait très froid et à la surface du trou
l'eau recommence à geler. La baleine va s'épuiser
à tout le temps devoir briser la glace pour respirer.
«Il faut faire quelque chose!»

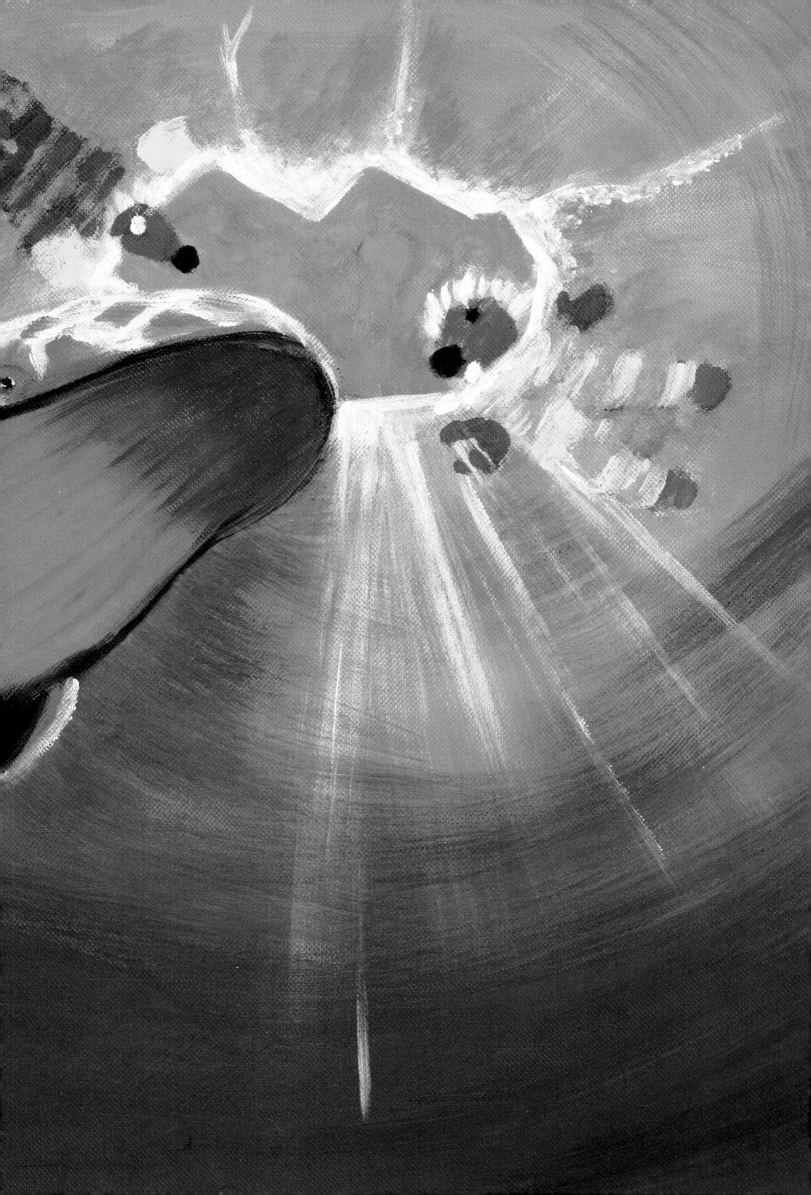

Enok a une idée. Il ira chercher du secours
pendant que Kevin, à l'aide de son harpon, empêchera
la glace de se former. La baleine va bientôt refaire
surface, il ne faut pas perdre de temps.

C'est décidé. Son chien de traineau l'amènera
jusqu'à la grande ville, plus au sud. La tension monte.
La température baisse. Le blizzard se lève.
Aglagla-igloo.

Suivent deux jours et deux nuits pendant lesquels
notre équipage traverse des champs de neige
chaotiques, évitant les crevasses en faisant des zigs,
et les collines en faisant des zags. À peine ont-ils
le temps d'apercevoir des animaux qu'ils ne
connaissent même pas, comme ces peluches avec
de grandes oreilles et un petit coussin pour les fesses.

Mais, à qui s'adresser? Il est renvoyé de service
en service. On lui dit : «Ce n'est pas le moment.
Revenez l'an prochain. J'ai déjà donné.»

Mais c'est sans compter sur la volonté de notre
héros qui, enfin, trouve les mots qu'il faut.
Il évoque un pays : la terre, où tous les animaux
sont frères. Il parle du bison, oncle d'Amérique;
du lion, frère d'Afrique; de l'ours, voisin germain
et du dauphin, notre cousin. «... *Que si nos pères sont
différents, nous sommes tous nés de même mer.*»

Devant tant de ténacité, on finit par l'écouter.
On met même un avion à sa disposition.
Le voyage sera sûrement plus facile.
Son chien n'en doute pas.

À peine arrivé, Enok se jette dans les bras de Kevin,
l'Esquimau glacé, qui ne sent plus ses doigts de pieds.
Mais peu importe, puisque la baleine est sauvée!

Dans un craquement, le bateau brise-glace arrive
en se frayant un passage dans la banquise.
Tous les marins sont sur le pont. Ils acclament
nos deux héros. «Hourra! Hourra!» Il y a de l'écho.
Tout le monde veut être sur la photo.

La baleine naufragée s'engouffre dans le chemin
tracé. Comme pour dire «adieu» elle fait au revoir
de la queue. Enok et Kevin sont heureux, gelés.
Enok a les larmes aux yeux, et Kevin, la goutte au nez.

Et si cette histoire n'était
pas complètement inventée?
Et si elle avait un fond de vérité?
C'est donc que les hommes ne
seraient pas si mauvais!

© Éditions du Seuil, 1993
Dépôt légal : septembre 1993
ISBN : 2-02-019972-6
Loi 49-956 du 16 juillet 1949 sur
les publications destinées à la jeunesse.
Imprimé en Belgique

aleines priso mères

mobilisation sur la banquise

Alors que le brise-glace fait route vers Barrow, de nouvelles mesures ~~le~~ *secours sont mises en place pour sauv* ~~~~ *es menacées d'asphyxie.*

Elles ont regagné la mer libre cette nu~~it~~

Les baleines américaines sauvées par les Soviétiques

~~Reag~~es sont sauvées... Grâce à ce ~~co~~r~~r~~ Grâce à l'« Amiral ~~ise-glace~~ soviétique, l'« Amiral ~~akarov~~ », qui a réussi à creuser un ~~henal~~, les deux baleines de l'Alaska ~~n~~t retrouvé la liberté : un bel exemple de la solidarité et de la coopération soviéto-américaine pour illustrer la politique de... glace-not.
(Photo A.P.)
Page 3

félicite de cette internationale

~~R~~EAGAN DIRIGE LUI-MÊME SAUVETAGE DES BALEINES

lutte désespérée contre ~~m~~ort ; le froid se fait plus ~~i~~nse et le remorquage du ~~e-glace~~ se révèle très ~~diffi~~cile.

~~L'~~AGONIE des trois baleines grises prisonnières des glaces, près de Barrow, sur la côte Nord de l'Alaska, suscite ~~une~~ vive émotion à travers le monde et des ~~hom~~mes de divers horizons — écologistes, ~~scie~~ntifiques, militaires et pétroliers, sans ~~oub~~lier les esquimaux — se sont mobilisés ~~pour un~~ir leurs efforts pour tenter de sauver

La température ne cesse de baisser — elle oscille vers — 30 °C au-dessous de zéro — et la couche de glace sur la banquise s'épaissit de plusieurs centimètres par jour. De plus, les malheureux cétacés sont dans un état d'épuisement extrême.

Les deux grandes baleines de onze mètres ont abondamment saigné par de profondes blessures occasionnées par les chocs contre la banquise. Quant au baleineau de deux ans, il souffre d'un début de pneumonie. Un biologiste, qui les assiste dans leur calvaire, a constaté qu'elles viennent maintenant respirer toutes les deux minutes à la surface, contre quatre minutes pour un animal en bonne forme physique.

cétacés de regagner la haute mer. Hier, en fin d'après-midi, le mastodonde de cent quatre-vingt-cinq tonnes, trente mètres de long et vingt mètres de large, était pris par les glaces au cap Prudhoe à environ trois cent kilomètres à l'est de Barrow. Une fois dégagé et dressé sur son coussin d'air, un hélicoptère Skycrane (grue du ciel) de la garde nationale tirera le brise-glace sur la banquise, seule solution pour qu'il arrive à temps sur les lieux du drame. Par ses propres moyens de locomotion, le trajet pourrait durer quarante heures... et il serait trop tard.

Outre les risques énormes de cette opération de remorquage d'un brise-glace par hélicoptère, un autre danger provient des grands ours blancs qui, instinctivement,

préoccupe jusqu'à la M~~aison~~ chasseurs de baleines ~~,~~ pétrole ont cru pour une fois ~~moins~~ pour éviter que les trois bal~~eines~~ par les glaces. A Washingt~~on~~ parole de la Maison-Blanch~~e~~ dent Reagan avait exprimé ~~~~ ~~a~~vait téléphoné à ce sujet au ~~~~ ~~g~~arde nationale de l'Alaska.

Repérées à la fin de la s~~~~ ~~es~~quimaux de la région de ~~~~ ~~Al~~aska), les trois baleines g~~rises~~ ~~ba~~leineau d'environ deux ans, ~~~~ ~~~~es lors de leur migrat~~ion~~ ~~Califo~~rnie du Sud et le Mexiqu~~e~~ ~~~~ de la semaine, les pêch~~eurs~~ de baleines et des biolo~~gistes~~ ~~arm~~es de pics à glace on~~t~~ ~~~~e — 25°C pour maint~~enir~~

~~~~is princess~~e~~